ROMANCERO GITANO

ALMA CLÁSICOS ILUSTRADOS

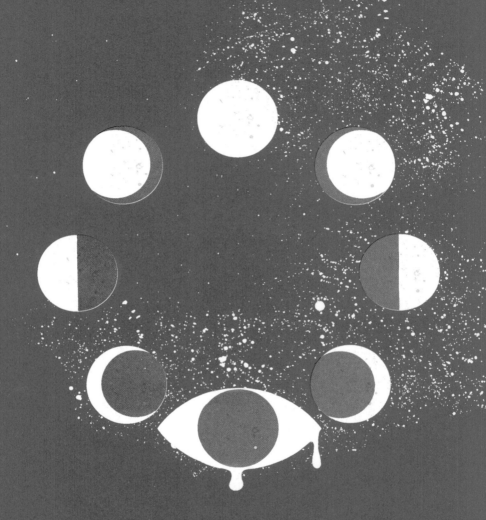

ROMANCERO GITANO

FEDERICO GARCÍA LORCA

Prólogo de Víctor Fernández

Ilustrado por Daniel Montero Galán

© de esta edición:
Editorial Alma
Anders Producciones S.L., 2023
www.editorialalma.com

 @almaeditorial

© del prólogo: Víctor Fernández

© de las ilustraciones: Daniel Montero Galán

Diseño de la colección: lookatcia.com
Diseño de cubierta: lookatcia.com
Maquetación y revisión: LocTeam, S.L.

ISBN: 978-84-19599-23-0
Depósito legal: B15012-2023

Impreso en España
Printed in Spain

Este libro contiene papel de color natural de alta calidad que no amarillea (deterioro por oxidación) con
el paso del tiempo y proviene de bosques gestionados de manera sostenible.

ÍNDICE

PRÓLOGO 9

1. ROMANCE DE LA LUNA, LUNA 19

2. PRECIOSA Y EL AIRE 23

3. REYERTA 29

4. ROMANCE SONÁMBULO 33

5. LA MONJA GITANA 39

6. LA CASADA INFIEL 43

7. ROMANCE DE LA PENA NEGRA 47

8. SAN MIGUEL 51

9. SAN RAFAEL 55

10. SAN GABRIEL 59

11. PRENDIMIENTO DE ANTOÑITO
EL CAMBORIO EN EL CAMINO DE
SEVILLA 65

12. MUERTE DE ANTOÑITO EL
CAMBORIO 69

13. MUERTO DE AMOR 73

14. ROMANCE DEL EMPLAZADO 77

15. ROMANCE DE LA GUARDIA CIVIL
ESPAÑOLA 81

TRES ROMANCES HISTÓRICOS

16. MARTIRIO DE SANTA OLALLA 93

17. BURLA DE DON PEDRO A CABALLO 99

18. THAMAR Y AMNÓN 105

PRÓLOGO

Son los primeros días del año 1926. Estamos ante una fría noche, tan característica de esta comarca granadina, en el momento en el que unos cansados viajeros, durante la cena, comentan lo mucho vivido durante esa jornada. Han estado paseando por algunos de los pueblos de la Alpujarra, por caminos por donde no es fácil coincidir con forasteros, disfrutando de un paisaje imponente y único, además de hablar con unas gentes sorprendidas por la presencia de ese grupo. Dos de los integrantes del grupo, Manuel de Falla y Federico García Lorca, han estado recogiendo canciones, leyendas e historias que los habitantes de la zona guardan celosamente como un tesoro único. En el cortijo en el que descansan y apuran las últimas horas del día, les tienen reservada una sorpresa. Como fin de fiesta, el propietario de la finca había pedido a su hijo, buen guitarrista, que interpretara alguna copla. Y eso hizo, a la luz de un candil, cantando unos versos conocidos en esas tierras alpujarreñas y que dicen: «Y que yo me la llevé al río, / creyendo que era mozuela, / pero tenía marío».

Cuando acabó aquel improvisado concierto, uno de los contertulios retó a Lorca para que convirtiera lo que habían escuchado en un romance, pero el aludido decidió permanecer callado, sin aceptar, al menos públicamente, aquel envite. Los días pasaron y en Órgiva, en el último tramo de ese viaje, el poeta recitó «La casada infiel», la composición que tenía como punto de partida aquella copla que tanto los había impresionado.

Tenemos la suerte de conservar el manuscrito original del poema. Hoy se guarda en los fondos de la Biblioteca Nacional, en Madrid, tras permanecer durante mucho tiempo, demasiado probablemente, en manos de Rafael Martínez Nadal, uno de los más íntimos confidentes de Lorca. Podemos constatar que el poeta dudó muy poco durante el redactado, apenas unos versos descartados para ser sustituidos por otros. Sí tenía claro, desde un primer momento, que todo debía empezar con aquella breve coplilla. Es curioso ver en la primera página del autógrafo que Lorca escribió el primer verso «Y que yo me la llevé al río» para tacharlo y debajo volverlo a escribir. Encima podemos leer el título: «La casada infiel». En la última página, como final, tenemos la fecha de redacción: el 27 de enero de 1926.

Esta anécdota es un buen ejemplo de la manera de trabajar de Federico García Lorca en uno de sus más celebrados libros, *Romancero gitano.* En él se dan la mano esa búsqueda de la raíz popular, de seguir una tradición que en aquellos años había convertido Ramón Menéndez Pidal en una obsesión filológica, pero sin olvidarse de la modernidad, del rupturismo consecuencia de los nuevos «ismos» —como diría Gómez de la Serna—, toda una renovación artística que se estaba filtrando en la pintura, la fotografía, la música, el cine y, evidentemente, la literatura. Hablamos también, al referirnos al *Romancero gitano,* de un importante éxito editorial del que acabara renegando su propio autor.

Permítanme presentarles al autor del que vamos a hablar con más o menos detalle a continuación. Estamos en este momento ante un joven veinteañero llamado Federico García Lorca, natural de Fuente Vaqueros, un pueblo en el corazón de la Vega granadina. Su infancia es la de un niño en estrecho contacto con la naturaleza, además de un privilegiado gracias a la buena situación económica de su rico padre terrateniente. Él mismo se lo contaría en una entrevista a Ernesto Giménez Caballero en diciembre de 1928:

> *Mi padre se casó viudo con mi madre. Mi infancia es la obsesión de unos cubiertos de plata y de unos retratos de aquella otra «que pudo ser mi madre», Matilde de Palacios. Mi infancia es aprender letras y música con mi madre, ser un niño rico en el pueblo, un mandón.*

En la misma conversación, Lorca también apuntó cuáles fueron sus primeros juegos infantiles, «a eso que juegan los niños que van a salir "tontos puros", poetas. A decir misas, hacer altares, construir teatritos...». A ello hay que añadir la música como uno de los primeros intereses del futuro poeta, con el sueño de ir a París para estudiar piano. Un viejo compositor, Antonio Segura Mesa, fue quien apreció en el muchacho un gran talento ante las teclas, incluso animándolo a que diera el paso escribiendo sus propias partituras, algunas de ellas nunca o rara vez escuchadas en público todavía hoy, como es el caso de *Pensamiento poético (Canción de invierno)* o *Lieder heroico*. Pero, además, el músico escribía y mucho. En la búsqueda de su personalísima voz literaria, el joven Federico García Lorca llenó numerosísimas cuartillas en las que podemos seguir sus primeros tanteos en poesía, prosa y teatro. Algunas de ellas son de corte autobiográfico, como el maravilloso relato *Mi pueblo,* además de versos que parecen seguir la estela de algunas de sus principales lecturas de ese momento, con una especial admiración hacia Rubén Darío y Antonio Machado. A este último lo pudo conocer durante un viaje de estudios acompañado de uno de sus maestros en la Universidad de Granada, Martín Domínguez Berrueta.

Fruto de esos paseos universitarios fue un libro titulado *Impresiones y paisajes*, publicado en 1918, cuya edición fue enteramente pagada por el padre del poeta. Pese al aplauso de muchos lectores —se dice que ni más ni menos le dedicó un elogioso artículo Miguel de Unamuno, aunque no ha aparecido el artículo—, aquel conjunto de prosas viajeras no pasó de ser una novedad editorial más en el mapa español de la literatura local. El libro iba dedicado a Segura Mesa, quien había muerto recientemente, con estas palabras:

> *A la venerada memoria de mi viejo maestro de música, que pasaba sus sarmentosas manos, que tanto habían pulsado pianos y escrito ritmos sobre el aire, por sus cabellos de plata crepuscular con aire de galán enamorado y que sufrió sus antiguas pasiones al conjuro de una sonata beethoveniana. ¡Era un santo!*

Con la desaparición de su admirado maestro de música, Lorca se quedó sin el deseado viaje a París para ampliar sus estudios. Lo que sí les interesaba a sus padres es que se dedicara a otros estudios, concretamente los de Derecho, algo que lo llevó a otra ciudad: el Madrid de los años veinte.

Con cartas de recomendación para Juan Ramón Jiménez y Alberto Jiménez Fraud, director de la Residencia de Estudiantes, en Madrid, Lorca se instaló en esta institución tratando de ser un correcto estudiante. Con Granada ya lejos y con nuevos amigos, algunos decisivos en su formación, nuestro autor comenzará a adentrarse en un mundo nuevo que mira con curiosidad hacia lo que está llegando de un París de cubistas y surrealistas, donde Picasso es el sumo sacerdote de una revolución estética a la que seguirán los postulados de André Breton. Allí, hasta esa Residencia de Estudiantes, llegaron los libros de Lautréamont o Freud, recién traducidos al español por Biblioteca Nueva, pero también las revistas ilustradas aparecidas en la capital francesa y cuya estética adaptará *Residencia,* la publicación de la casa dirigida por Jiménez Fraud. Había que añadir a ello un programa de conferencias impresionante que permitía que por la «Resi» pasaran algunos de los nombres más importantes de la Europa de ese tiempo, como Albert Einstein, Marie Curie, H. G. Wells, Maurice Ravel, Igor Stravinski, Le Corbusier o Max Jacob. Eso es lo que pasaba en un espacio por el que era fácil encontrarse, de paso o disfrutando de sus instalaciones como invitados, a Santiago Ramón y Cajal, Juan Ramón Jiménez o Antonio Machado.

Paralelamente, los residentes vivían su vida, su muy personal aventura, en la misma Residencia o saliendo de fiesta, hasta que el cuerpo aguantara, por las calles de un Madrid nocturno, en aquellos cafés o aquellas tabernas que eran el refugio perfecto para acabar la jornada. A ello se le sumaban, con sus luces, sus colores y sus ruidos, verbenas en las que se podía coincidir con el inclasificable Ramón Gómez de la Serna o con la cámara de Ernesto Giménez Caballero. Lorca contó con buenos amigos y aliados, unos olvidados por el paso del tiempo y otros encumbrados a lo más alto, como fueron especialmente los casos de Luis Buñuel o Salvador Dalí. Ellos soñaban con hacerse con el mundo y lograron hacérselo propio en sueños noctámbulos o apurando el día entre risas y copas en los salones del Hotel Palace.

Fue en este ambiente en el que Lorca comenzó a idear un poemario rupturista. Antes, en 1921, de nuevo bajo el generoso mecenazgo de su padre, publicó *Libro de poemas,* aunque otra vez la recepción fue fría. Peor suerte tuvo en su debut como dramaturgo, el 22 de marzo de 1920, cuando en el Teatro Eslava levantó el telón con *El maleficio de la mariposa* cosechando un sonorísimo fracaso. Los fracasos no le hicieron desistir en su empeño por escribir y a ello se dedicó mientras, a duras penas, intentaba contentar a sus padres como estudiante de leyes.

Hemos hablado de la modernidad que imperaba en ese Madrid de los años veinte, a donde llegó también el sonido del *jazz* y donde el cine comenzaba a ser visto como algo más que un mero entretenimiento. Pero, además de esas corrientes, en Lorca permanecía su admiración por la tradición. Valga como ejemplo el hecho de que, en sus primeros días en la Residencia, hizo una petición a su familia, concretamente a su hermano Francisco:

> *Otro encargo, Paquito: mándame los romances que se me olvidaron y ve a casa de Ceniceros 8 con el libro de preguntas y copia lo que puedas. De esto tenemos tú y yo que sostener correspondencia, así que escríbeme y nos entenderemos.*

El poeta solicitaba lo recogido en Granada, es decir, romances tradicionales que tenían como destinatario a Ramón Menéndez Pidal. Lorca no olvidaba todo ese material, a la vez que se dejaba llevar por sus compañeros de la Residencia, la misma casa en la que empezó a trabajar en un libro que cambiaría la lírica española en las primeras décadas del siglo pasado.

Es difícil fijar una fecha exacta como inicio de la aventura del *Romancero gitano,* pero sí sabemos que uno de los primeros poemas en estar concluido fue «Burla de don Pedro a caballo», titulado inicialmente «Romance con lagunas» y que Lorca apuntó como concluso el 28 de diciembre de 1921. Lorca estuvo trabajando durante varios años en este libro, alternando esta labor con la redacción de otros poemarios de diferente corte, como *Canciones* o *Poema del cante jondo.* Una etapa, tras ese romance inicial de 1921, puede ser establecida durante las vacaciones de verano de 1924 hasta finalizar el proyecto durante la segunda mitad de 1926. Gracias al epistolario lorquiano podemos seguir parte de ese laborioso proceso, así como del entusiasmo de Lorca cuando tenía aparentemente cerrados algunos de los poemas del futuro volumen. Es el caso, por ejemplo, de una carta enviada a su amigo Melchor Fernández Almagro, probablemente de julio de 1926, en la que aseguraba que «he trabajado bastante y estoy terminando una serie de romances gitanos que son por completo de mi gusto».

¿Y por qué gitano? Hablamos de un colectivo prácticamente marginado en la sociedad de los años veinte, algo que el propio Lorca había constatado tanto en los pueblos de la Vega granadina como en la ciudad de la Alhambra. Él mismo lo reconocería en una entrevista con Rodolfo Gil Benumeya, aparecida en enero de 1931 en *La Gaceta Literaria*. Fue allí donde vinculó el gitanismo que escribía con Granada, su Granada:

> *Yo creo que el ser de Granada me inclina a la comprensión simpática de lo perseguido. Del gitano, del negro, del judío..., del morisco que todos llevamos dentro. Granada huele a misterio, a que no puede ser y, sin embargo, es. Que no existe, pero influye. O que influye precisamente por no poder existir, que pierde el cuerpo y conserva aumentado el aroma. Que se ve acorralada y trata de injertarse en todo lo que rodea y amenaza para ayudar a disolverlo.*

Lorca sabía perfectamente de lo que hablaba cuando se refería a esa «comprensión simpática de lo perseguido», algo que extendió a lo largo de su obra en algunas de sus creaciones literarias, como su Mariana Pineda, el Amargo del *Poema del cante jondo,* los negros de Harlem y el Walt Whitman de su oda en *Poeta en Nueva York,* Yerma o la Adela de *La casa de Bernarda Alba.* En todos ellos pervive esa marginalidad por querer salirse del orden imperante, por querer brillar con su propia luz pese a las adversidades. Él mismo intentó vivir contra las normas, pese a sentirse en muchas ocasiones excluido por su condición de homosexual.

Hablamos de los gitanos, pero, además de ellos como elemento poético, también destaca con luz propia la luna en este *Romancero gitano.* Probablemente estemos ante el gran símbolo de los versos lorquianos y que no se extiende solo a la obra literaria, puesto que Lorca lo incorpora incluso a muchos de sus dibujos. Es la representación del misterio, de la pequeña luz dentro de la oscuridad, pero también el poeta puede transformarla y es una mujer («Romance de la luna, luna»), es de pergamino y es una pandereta («Preciosa y el aire»), es la sagrada forma en el mantel de la misa («La monja gitana») o sirve para adivinar el trágico final de Antoñito el Camborio («Prendimiento de Antoñito el Camborio en el camino de Sevilla»). Pese a lo mucho, muchísimo que se ha publicado sobre Lorca, queda por hacer algo parecido a una suerte de diccionario que aglutine los elementos líricos que forman parte del imaginario lorquiano.

Durante el proceso de escritura, Lorca fue compartiendo con algunos de sus amigos el resultado de su esfuerzo poético, especialmente con su siempre fiel Melchor Fernández Almagro, aunque también con José María de Cossío o Jorge Guillén. De esta manera, además de su inserción en algunas publicaciones literarias, pudo ir sabiendo del impacto que iba teniendo su libro antes de llegar a la imprenta con su círculo próximo. A veces el resultado no era el deseado, como ocurrió cuando *Litoral,* una de las revistas fundamentales de este periodo, se pasó con las erratas. Así se lo dijo Lorca a Guillén en una carta de enero de 1927:

> Habrás recibido Litoral. *Una preciosidad, ¿verdad? Pero ¿has visto qué horror mis Romances? Tenían más de ¡diez! enormes erratas, y estaban completamente deshechos. ¡Sobre todo el de Antoñito el Camborio! ¡Qué dolor tan grande me ha producido, querido Jorge, verlos rotos, maltrechos...!*

Otra publicación, *Revista de Occidente* ya había dado cobijo a los versos de Lorca en abril de 1926, dando a conocer su «Oda a Salvador Dalí». El sello de Ortega y Gasset también tenía una editorial y fue allí donde, finalmente, en julio de 1928, apareció el *Primer romancero gitano* en una muy cuidada edición con una portada dibujada por el mismo Federico García Lorca. El éxito fue inmediato. En una carta a sus padres, el poeta compartía tanto su entusiasmo como el de *Revista de Occidente:*

> Mi libro tendrá una magnífica prensa seguramente. Hacen la friolera de tres mil quinientos ejemplares y esperan un formidable éxito de venta.

Los amigos aplaudieron el poemario de manera generosa y sincera, como Vicente Aleixandre, quien en una carta le agradecía «la magnífica, la vehementísima fiesta de poesía a la que me has convidado. Pocas veces —¡qué pocas!— puede uno tan totalmente abandonarse a una fruición de belleza tan íntegra con tan absoluto contento». Lo mismo pasaba en numerosos artículos en prensa, como los que firmaron en esos días Ricardo Baeza en *El Sol,* Juan Chabás en *La Libertad,* Miguel Pérez Ferrero en *La Gaceta Literaria* o Lluís Montanyà en *L'Amic de les Arts.*

Pero no todos se mostraron elogiosos. Dos de los camaradas de Lorca en la Residencia de Estudiantes, Luis Buñuel y Salvador Dalí, condenaron el *Romancero gitano.* Buñuel se lo dijo, por carta, a Pepín Bello, amigo común e indispensable del grupo, apuntando que «es una poesía que participa de lo fino y aproximadamente moderno que debe tener cualquier poesía de hoy para que guste a los Andrenios, a los Baezas y a los poetas maricones y cernudos de Sevilla. Pero de ahí a tener que ver con los verdaderos, exquisitos y grandes poetas de hoy existe un abismo». Dalí, por su parte, sí se lo expuso por escrito al propio Lorca en una extensa misiva:

> *Tu poesía actual cae de lleno dentro de lo tradicional, en ella advierto la substancia poética más gorda que ha existido: ¡pero! ligada en absoluto a las normas de la poesía antigua, incapaz de emocionarnos ya ni de satisfacer nuestros deseos actuales. — Tu poesía está ligada de pies y brazos [al arte] a la poesía vieja. — Tú quizás creerás atrevidas ciertas imágenes, pero yo puedo decirte que tu poesía se mueve dentro de la ilustración de los lugares comunes más estereotipados y más conformistas.*

Lorca consideraría esas palabras de Dalí como «un pleito poético interesante».

Pero en 1928 esa ya no era la poesía que interesaba al poeta. Ya hacía un tiempo que había emprendido otro camino más de acuerdo con las vanguardias, con tintes más surrealistizantes. Eso quiere decir que, pese al mucho entusiasmo, a los aplausos, las diversas ediciones que vinieron, el éxito no hizo feliz a un autor que tuvo que llevar consigo la etiqueta folklórica de gitano, como si él mismo lo fuera. Eso fue algo que trató de explicar especialmente en algunas declaraciones públicas, como cuando Giménez le preguntó por sus herencias y Lorca contestó que no era gitano: «Andaluz, que no es igual, aun cuando todos los andaluces seamos algo gitanos. Mi gitanismo es un tema literario y un libro. Nada más».

Casi un año después de la llegada del poemario a las librerías, Lorca rompió con todo ese mundo y se marchó a Nueva York, donde escribiría una serie de versos aparentemente muy diferentes de aquellos romances gitanos, pero que compartían la misma mirada solidaria hacia el perseguido, hacia el diferente. Ya no eran los gitanos de Granada, sino los negros del barrio de Harlem, pero el mensaje seguía siendo el mismo.

El poeta no dejaría en un cajón su *Romancero gitano*. Durante los años treinta realizó varias lecturas públicas del libro en forma de conferencia, tanto en España como en Argentina, y siempre con el aforo completo. Eso sí, en esos recitales quedaba un poema fuera, «La casada infiel», por voluntad del autor. En 1936, en vísperas de la Guerra Civil, el *Romancero gitano* llegaba a la octava edición de la mano de Espasa-Calpe, toda una hazaña en ese momento.

El cruel asesinato del poeta por los fascistas, en agosto de 1936, demostraba también que era lógico pensar que Federico García Lorca representaba a los oprimidos. Murió como muchas víctimas inocentes de aquel conflicto, formando parte del mismo pueblo al que había cantado.

La extraordinaria obra lorquiana ha logrado sobrevivir por méritos propios al paso de los años. Estamos hablando del autor español, con permiso de Miguel de Cervantes, más traducido de todos los tiempos. Lectores de todo el mundo siguen leyendo los versos del *Romancero gitano,* siguen manteniendo la luz de las palabras que Lorca encontraba en la tradición o en aquellos viajes por la Alpujarra con Manuel de Falla. Ahora eres tú, lector, quien tiene la oportunidad de seguir ese camino, gracias a estos romances que ahora comparten nueva vida gracias a las bellísimas ilustraciones de Daniel Montero que encontrarás a continuación. Ojalá, si es la primera vez que llegas a Federico García Lorca, encuentres un mundo en el que quieras seguir viviendo.

Víctor Fernández

1

ROMANCE DE LA LUNA, LUNA

A Conchita García Lorca

La luna vino a la fragua
con su polisón de nardos.
El niño la mira mira.
El niño la está mirando.
En el aire conmovido
mueve la luna sus brazos
y enseña, lúbrica y pura,
sus senos de duro estaño.
Huye luna, luna, luna.
Si vinieran los gitanos,
harían con tu corazón
collares y anillos blancos.
Niño, déjame que baile.
Cuando vengan los gitanos,
te encontrarán sobre el yunque
con los ojillos cerrados.
Huye luna, luna, luna,
que ya siento sus caballos.
Niño, déjame, no pises
mi blancor almidonado.

El jinete se acercaba
tocando el tambor del llano.
Dentro de la fragua el niño,
tiene los ojos cerrados.

Por el olivar venían,
bronce y sueño, los gitanos.
Las cabezas levantadas
y los ojos entornados.

Cómo canta la zumaya,
¡ay cómo canta en el árbol!
Por el cielo va la luna
con un niño de la mano.

Dentro de la fragua lloran,
dando gritos, los gitanos.
El aire la vela, vela.
El aire la está velando.

2

PRECIOSA Y EL AIRE

A Dámaso Alonso

Su luna de pergamino
Preciosa tocando viene
por un anfibio sendero
de cristales y laureles.
El silencio sin estrellas,
huyendo del sonsonete,
cae donde el mar bate y canta
su noche llena de peces.
En los picos de la sierra
los carabineros duermen
guardando las blancas torres
donde viven los ingleses.
Y los gitanos del agua
levantan por distraerse,
glorietas de caracolas
y ramas de pino verde.

✧ ✧ ✧

Su luna de pergamino
Preciosa tocando viene.
Al verla se ha levantado
el viento que nunca duerme.
San Cristobalón desnudo,
lleno de lenguas celestes,
mira a la niña tocando
una dulce gaita ausente.

Niña, deja que levante
tu vestido para verte.
Abre en mis dedos antiguos
la rosa azul de tu vientre.

Preciosa tira el pandero
y corre sin detenerse.
El viento-hombrón la persigue
con una espada caliente.

Frunce su rumor el mar.
Los olivos palidecen.
Cantan las flautas de umbría
y el liso gong de la nieve.

¡Preciosa, corre, Preciosa,
que te coge el viento verde!
¡Preciosa, corre, Preciosa!
¡Míralo por dónde viene!
Sátiro de estrellas bajas
con sus lenguas relucientes.

✦ ✦ ✦

Preciosa, llena de miedo,
entra en la casa que tiene,
más arriba de los pinos,
el cónsul de los ingleses.

Asustados por los gritos
tres carabineros vienen,
sus negras capas ceñidas
y los gorros en las sienes.

El inglés da a la gitana
un vaso de tibia leche,
y una copa de ginebra
que Preciosa no se bebe.

Y mientras cuenta, llorando,
su aventura a aquella gente,
en las tejas de pizarra
el viento, furioso, muerde.

3

REYERTA

A Rafael Méndez

En la mitad del barranco
las navajas de Albacete,
bellas de sangre contraria,
relucen como los peces.
Una dura luz de naipe
recorta en el agrio verde,
caballos enfurecidos
y perfiles de jinetes.
En la copa de un olivo
lloran dos viejas mujeres.
El toro de la reyerta
se sube por las paredes.
Ángeles negros traían
pañuelos y agua de nieve.
Ángeles con grandes alas
de navajas de Albacete.

Juan Antonio el de Montilla
rueda muerto la pendiente,
su cuerpo lleno de lirios
y una granada en las sienes.
Ahora monta cruz de fuego,
carretera de la muerte.

✧ ✧ ✧

El juez, con guardia civil,
por los olivares viene.
Sangre resbalada gime
muda canción de serpiente.
Señores guardias civiles:
aquí pasó lo de siempre.
Han muerto cuatro romanos
y cinco cartagineses.

La tarde loca de higueras
y de rumores calientes
cae desmayada en los muslos
heridos de los jinetes.
Y ángeles negros volaban
por el aire del poniente.
Ángeles de largas trenzas
y corazones de aceite.

4

ROMANCE SONÁMBULO

A Gloria Giner
y a Fernando de los Ríos

Verde que te quiero verde.
Verde viento. Verdes ramas.
El barco sobre la mar
y el caballo en la montaña.
Con la sombra en la cintura
ella sueña en su baranda,
verde carne, pelo verde,
con ojos de fría plata.
Verde que te quiero verde.
Bajo la luna gitana,
las cosas la están mirando
y ella no puede mirarlas.

✦ ✦ ✦

Verde que te quiero verde.
Grandes estrellas de escarcha,
vienen con el pez de sombra
que abre el camino del alba.

La higuera frota su viento
con la lija de sus ramas,
y el monte, gato garduño,
eriza sus pitas agrias.
¿Pero quién vendrá? ¿Y por dónde...?
Ella sigue en su baranda,
verde carne, pelo verde,
soñando en la mar amarga.
Compadre, quiero cambiar
mi caballo por su casa,
mi montura por su espejo,
mi cuchillo por su manta.
Compadre, vengo sangrando,
desde los puertos de Cabra.
Si yo pudiera, mocito,
ese trato se cerraba.
Pero yo ya no soy yo,
ni mi casa es ya mi casa.
Compadre, quiero morir
decentemente en mi cama.
De acero, si puede ser,
con las sábanas de holanda.
¿No ves la herida que tengo
desde el pecho a la garganta?

Trescientas rosas morenas
lleva tu pechera blanca.
Tu sangre rezuma y huele
alrededor de tu faja.
Pero yo ya no soy yo,
ni mi casa es ya mi casa.
Dejadme subir al menos
hasta las altas barandas,
¡dejadme subir!, dejadme
hasta las verdes barandas.
Barandales de la luna
por donde retumba el agua.

✧ ✧ ✧

Ya suben los dos compadres
hacia las altas barandas.
Dejando un rastro de sangre.
Dejando un rastro de lágrimas.
Temblaban en los tejados
farolillos de hojalata.
Mil panderos de cristal,
herían la madrugada.

✦ ✦ ✦

Verde que te quiero verde,
verde viento, verdes ramas.
Los dos compadres subieron.
El largo viento, dejaba
en la boca un raro gusto
de hiel, de menta y de albahaca.
¡Compadre! ¿Dónde está, dime?
¿Dónde está tu niña amarga?
¡Cuántas veces te esperó!
¡Cuántas veces te esperara,
cara fresca, negro pelo,
en esta verde baranda!

✦ ✦ ✦

Sobre el rostro del aljibe
se mecía la gitana.
Verde carne, pelo verde,
con ojos de fría plata.
Un carámbano de luna
la sostiene sobre el agua.

La noche se puso íntima
como una pequeña plaza.
Guardias civiles borrachos
en la puerta golpeaban.
Verde que te quiero verde.
Verde viento. Verdes ramas.
El barco sobre la mar.
Y el caballo en la montaña.

5

LA MONJA GITANA

A José Moreno Villa

Silencio de cal y mirto.
Malvas en las hierbas finas.
La monja borda alhelíes
sobre una tela pajiza.
Vuelan en la araña gris,
siete pájaros del prisma.
La iglesia gruñe a lo lejos
como un oso panza arriba.
¡Qué bien borda! ¡Con qué gracia!
Sobre la tela pajiza,
ella quisiera bordar
flores de su fantasía.
¡Qué girasol! ¡Qué magnolia
de lentejuelas y cintas!
¡Qué azafranes y qué lunas,
en el mantel de la misa!
Cinco toronjas se endulzan
en la cercana cocina.
Las cinco llagas de Cristo
cortadas en Almería.

Por los ojos de la monja
galopan dos caballistas.
Un rumor último y sordo
le despega la camisa,
y al mirar nubes y montes
en las yertas lejanías,
se quiebra su corazón
de azúcar y yerbaluisa.
¡Oh!, qué llanura empinada
con veinte soles arriba.
¡Qué ríos puestos de pie
vislumbra su fantasía!
Pero sigue con sus flores,
mientras que de pie, en la brisa,
la luz juega el ajedrez
alto de la celosía.

6

LA CASADA INFIEL

A Lydia Cabrera
y a su negrita

Y que yo me la llevé al río
creyendo que era mozuela,
pero tenía marido.
Fue la noche de Santiago
y casi por compromiso.
Se apagaron los faroles
y se encendieron los grillos.
En las últimas esquinas
toqué sus pechos dormidos,
y se me abrieron de pronto
como ramos de jacintos.
El almidón de su enagua
me sonaba en el oído,
como una pieza de seda
rasgada por diez cuchillos.
Sin luz de plata en sus copas
los árboles han crecido,
y un horizonte de perros
ladra muy lejos del río.

Pasadas las zarzamoras,
los juncos y los espinos,
bajo su mata de pelo
hice un hoyo sobre el limo.
Yo me quité la corbata.
Ella se quitó el vestido.
Yo el cinturón con revólver.
Ella sus cuatro corpiños.
Ni nardos ni caracolas
tienen el cutis tan fino,
ni los cristales con luna
relumbran con ese brillo.
Sus muslos se me escapaban
como peces sorprendidos,
la mitad llenos de lumbre
la mitad llenos de frío.
Aquella noche corrí
el mejor de los caminos,
montado en potra de nácar
sin bridas y sin estribos.
No quiero decir, por hombre,
las cosas que ella me dijo.

La luz del entendimiento
me hace ser muy comedido.
Sucia de besos y arena,
yo me la llevé del río.
Con el aire se batían
las espadas de los lirios.

Me porté como quien soy.
Como un gitano legítimo.
La regalé un costurero
grande de raso pajizo,
y no quise enamorarme
porque teniendo marido
me dijo que era mozuela
cuando la llevaba al río.

ROMANCE DE LA PENA NEGRA

A José Navarro Pardo

Las piquetas de los gallos
cavan buscando la aurora,
cuando por el monte oscuro
baja Soledad Montoya.
Cobre amarillo, su carne,
huele a caballo y a sombra.
Yunques ahumados sus pechos,
gimen canciones redondas.
Soledad, ¿por quién preguntas
sin compaña y a estas horas?
Pregunte por quien pregunte,
dime: ¿a ti qué se te importa?
Vengo a buscar lo que busco,
mi alegría y mi persona.
Soledad de mis pesares,
caballo que se desboca,
al fin encuentra la mar
y se lo tragan las olas.

No me recuerdes el mar,
que la pena negra, brota
en las tierras de aceituna
bajo el rumor de las hojas.
¡Soledad, qué pena tienes!
¡Qué pena tan lastimosa!
Lloras zumo de limón
agrio de espera y de boca.
¡Qué pena tan grande! Corro
mi casa como una loca,
mis dos trenzas por el suelo,
de la cocina a la alcoba.
¡Qué pena! Me estoy poniendo
de azabache, carne y ropa.
¡Ay mis camisas de hilo!
¡Ay mis muslos de amapola!
Soledad: lava tu cuerpo
con agua de las alondras,
y deja tu corazón
en paz, Soledad Montoya.

Por abajo canta el río:
volante de cielo y hojas.
Con flores de calabaza,
la nueva luz se corona.
¡Oh pena de los gitanos!
Pena limpia y siempre sola.
¡Oh pena de cauce oculto
y madrugada remota!

8

SAN MIGUEL
(GRANADA)

A Diego Buigas de Dalmáu

ven desde las barandas,
el monte, monte, monte,
os y sombras de mulos
ados de girasoles.

ojos en las umbrías
mpañan de inmensa noche.
s recodos del aire,
la aurora salobre.

elo de mulos blancos
sus ojos de azogue
a la quieta penumbra
al de corazones.
Y el gua se pone fría
para que nadie la toque.
Agua loca y descubierta
por el monte, monte, monte.

✧ ✧ ✧

San Miguel lleno de encajes
en la alcoba de su torre,
enseña sus bellos muslos
ceñidos por los faroles.

Arcángel domesticado
en el gesto de las doce,
finge una cólera dulce
de plumas y ruiseñores.
San Miguel canta en los vidrios;
efebo de tres mil noches,
fragante de agua colonia
y lejano de las flores.

✧ ✧ ✧

El mar baila por la playa,
un poema de balcones.
Las orillas de la luna
pierden juncos, ganan voces.
Vienen manolas comiendo
semillas de girasoles,
los culos grandes y ocultos
como planetas de cobre.

Vienen altos caballeros
y damas de triste porte,
morenas por la nostalgia
de un ayer de ruiseñores.
Y el obispo de Manila,
ciego de azafrán y pobre,
dice misa con dos filos
para mujeres y hombres.

✦ ✦ ✦

San Miguel se estaba quieto
en la alcoba de su torre,
con las enaguas cuajadas
de espejitos y entredoses.

San Miguel, rey de los globos
y de los números nones,
en el primor berberisco
de gritos y miradores.

9

SAN RAFAEL
(CÓRDOBA)

A Juan Izquierdo Croselles

I

Coches cerrados llegaban
a las orillas de juncos
donde las ondas alisan
romano torso desnudo.
Coches, que el Guadalquivir
tiende en su cristal maduro,
entre láminas de flores
y resonancias de nublos.
Los niños tejen y cantan
el desengaño del mundo,
cerca de los viejos coches
perdidos en el nocturno.

Pero Córdoba no tiembla
bajo el misterio confuso,
pues si la sombra levanta
la arquitectura del humo,
un pie de mármol afirma
su casto fulgor enjuto.
Pétalos de lata débil
recaman los grises puros
de la brisa, desplegada
sobre los arcos de triunfo.
Y mientras el puente sopla
diez rumores de Neptuno,
vendedores de tabaco
huyen por el roto muro.

II

Un solo pez en el agua
que a las dos Córdobas junta:
Blanda Córdoba de juncos.
Córdoba de arquitectura.
Niños de cara impasible
en la orilla se desnudan,
aprendices de Tobías
y Merlines de cintura,
para fastidiar al pez
en irónica pregunta

si quiere flores de vino
o saltos de media luna.
Pero el pez, que dora el agua
y los mármoles enluta,
les da lección y equilibrio
de solitaria columna.
El Arcángel aljamiado
de lentejuelas oscuras,
en el mitin de las ondas
buscaba rumor y cuna.

✧ ✧ ✧

Un solo pez en el agua.
Dos Córdobas de hermosura.
Córdoba quebrada en chorros.
Celeste Córdoba enjuta.

10

SAN GABRIEL
(SEVILLA)

A D. Agustín Viñuales

I

Un bello niño de junco,
anchos hombros, fino talle
piel de nocturna manzana,
boca triste y ojos grandes,
nervio de plata caliente,
ronda la desierta calle.
Sus zapatos de charol
rompen las dalias del aire,
con los dos ritmos que cantan
breves lutos celestiales.
En la ribera del mar
no hay palma que se le iguale,
ni emperador coronado
ni lucero caminante.

Cuando la cabeza inclina
sobre su pecho de jaspe,
la noche busca llanuras
porque quiere arrodillarse.
Las guitarras suenan solas
para San Gabriel Arcángel,
domador de palomillas
y enemigo de los sauces.
San Gabriel: El niño llora
en el vientre de su madre.
No olvides que los gitanos
te regalaron el traje.

II

Anunciación de los Reyes,
bien lunada y mal vestida,
abre la puerta al lucero
que por la calle venía.
El Arcángel San Gabriel,
entre azucena y sonrisa,
bisnieto de la Giralda,
se acercaba de visita.

En su chaleco bordado
grillos ocultos palpitan.
Las estrellas de la noche
se volvieron campanillas.
San Gabriel: Aquí me tienes
con tres clavos de alegría.
Tu fulgor abre jazmines
sobre mi cara encendida.
Dios te salve, Anunciación.
Morena de maravilla.
Tendrás un niño más bello
que los tallos de la brisa.
¡Ay San Gabriel de mis ojos!
¡Gabrielillo de mi vida!
Para sentarte yo sueño
un sillón de clavelinas.
Dios te salve, Anunciación,
bien lunada y mal vestida.
Tu niño tendrá en el pecho
un lunar y tres heridas.
¡Ay San Gabriel que reluces!
¡Gabrielillo de mi vida!
En el fondo de mis pechos
ya nace la leche tibia.

Dios te salve, Anunciación.
Madre de cien dinastías.
Áridos lucen tus ojos,
paisajes de caballista.

✦ ✦ ✦

El niño canta en el seno
de Anunciación sorprendida.
Tres balas de almendra verde
tiemblan en su vocecita.

Ya San Gabriel en el aire
por una escala subía.
Las estrellas de la noche
se volvieron siemprevivas.

11

PRENDIMIENTO DE ANTOÑITO EL CAMBORIO EN EL CAMINO DE SEVILLA

A Margarita Xirgu

Antonio Torres Heredia,
hijo y nieto de Camborios,
con una vara de mimbre
va a Sevilla a ver los toros.
Moreno de verde luna
anda despacio y garboso.
Sus empavonados bucles
le brillan entre los ojos.
A la mitad del camino
cortó limones redondos,
y los fue tirando al agua
hasta que la puso de oro.
Y a la mitad del camino,
bajo las ramas de un olmo,
guardia civil caminera
lo llevó codo con codo.

✧ ✧ ✧

El día se va despacio,
la tarde colgada a un hombro,
dando una larga torera
sobre el mar y los arroyos.
Las aceitunas aguardan
la noche de Capricornio,
y una corta brisa, ecuestre,
salta los montes de plomo.
Antonio Torres Heredia,
hijo y nieto de Camborios,
viene sin vara de mimbre
entre los cinco tricornios.

Antonio, ¿quién eres tú?
Si te llamaras Camborio,
hubieras hecho una fuente
de sangre con cinco chorros.
Ni tú eres hijo de nadie,
ni legítimo Camborio.
¡Se acabaron los gitanos
que iban por el monte solos!
Están los viejos cuchillos
tiritando bajo el polvo.

A las nueve de la noche
lo llevan al calabozo,
mientras los guardias civiles
beben limonada todos.
Y a las nueve de la noche
le cierran el calabozo,
mientras el cielo reluce
como la grupa de un potro.

12

MUERTE DE ANTOÑITO EL CAMBORIO

A José Antonio Rubio Sacristán

Voces de muerte sonaron
cerca del Guadalquivir.
Voces antiguas que cercan
voz de clavel varonil.
Les clavó sobre las botas
mordiscos de jabalí.
En la lucha daba saltos
jabonados de delfín.
Bañó con sangre enemiga
su corbata carmesí,
pero eran cuatro puñales
y tuvo que sucumbir.
Cuando las estrellas clavan
rejones al agua gris,
cuando los erales sueñan
verónicas de alhelí,
voces de muerte sonaron
cerca del Guadalquivir.

✦ ✦ ✦

Antonio Torres Heredia.
Camborio de dura crin,
moreno de verde luna,
voz de clavel varonil:
¿Quién te ha quitado la vida
cerca del Guadalquivir?
Mis cuatro primos Heredias
hijos de Benamejí.
Lo que en otros no envidiaban,
ya lo envidiaban en mí.
Zapatos color corinto,
medallones de marfil,
y este cutis amasado
con aceituna y jazmín.
¡Ay Antoñito el Camborio,
digno de una Emperatriz!
Acuérdate de la Virgen
porque te vas a morir.
¡Ay Federico García,
llama a la Guardia Civil!
Ya mi talle se ha quebrado
como caña de maíz.

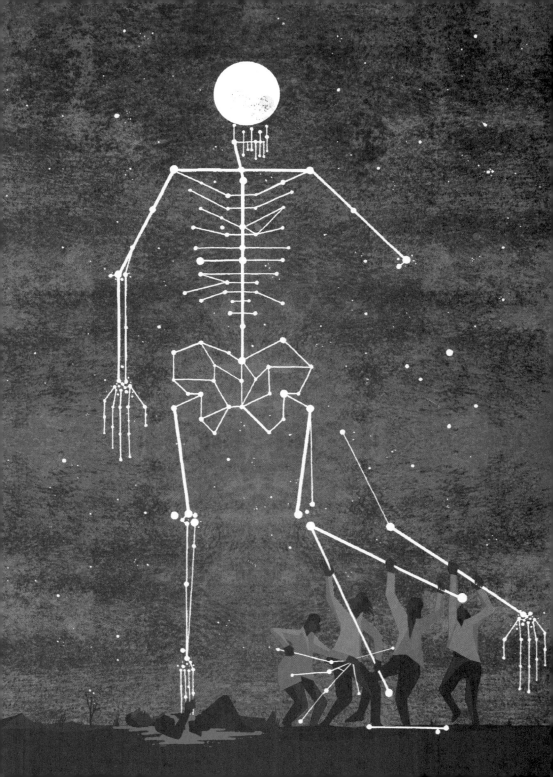

Tres golpes de sangre tuvo
y se murió de perfil.
Viva moneda que nunca
se volverá a repetir.
Un ángel marchoso pone
su cabeza en un cojín.
Otros de rubor cansado,
encendieron un candil.
Y cuando los cuatro primos
llegan a Benamejí,
voces de muerte cesaron
cerca del Guadalquivir.

13

MUERTO DE AMOR

A Margarita Manso

¿Qué es aquello que reluce
por los altos corredores?
Cierra la puerta, hijo mío,
acaban de dar las once.
En mis ojos, sin querer,
relumbran cuatro faroles.
Será que la gente aquella
estará fregando el cobre.

✦ ✦ ✦

Ajo de agónica plata
la luna menguante, pone
cabelleras amarillas
a las amarillas torres.
La noche llama temblando
al cristal de los balcones,
perseguida por los mil
perros que no la conocen,
y un olor de vino y ámbar
viene de los corredores.

✦ ✦ ✦

Brisas de caña mojada
y rumor de viejas voces,
resonaban por el arco
roto de la media noche.
Bueyes y rosas dormían.
Sólo por los corredores
las cuatro luces clamaban
con el furor de San Jorge.
Tristes mujeres del valle
bajaban su sangre de hombre,
tranquila de flor cortada
y amarga de muslo joven.
Viejas mujeres del río
lloraban al pie del monte,
un minuto intransitable
de cabelleras y nombres.
Fachadas de cal, ponían
cuadrada y blanca la noche.

Serafines y gitanos
tocaban acordeones.
Madre, cuando yo me muera,
que se enteren los señores.
Pon telegramas azules
que vayan del Sur al Norte.
Siete gritos, siete sangres,
siete adormideras dobles,
quebraron opacas lunas
en los oscuros salones.
Lleno de manos cortadas
y coronitas de flores,
el mar de los juramentos
resonaba, no sé dónde.
Y el cielo daba portazos
al brusco rumor del bosque,
mientras clamaban las luces
en los altos corredores.

14

ROMANCE DEL EMPLAZADO

Para Emilio Aladrén

¡Mi soledad sin descanso!
Ojos chicos de mi cuerpo
y grandes de mi caballo,
no se cierran por la noche
ni miran al otro lado
donde se aleja tranquilo
un sueño de trece barcos.
Sino que limpios y duros
escuderos desvelados,
mis ojos miran un norte
de metales y peñascos
donde mi cuerpo sin venas
consulta naipes helados.

✧ ✧ ✧

Los densos bueyes del agua
embisten a los muchachos
que se bañan en las lunas
de sus cuernos ondulados.

Y los martillos cantaban
sobre los yunques sonámbulos,
el insomnio del jinete
y el insomnio del caballo.

✦ ✦ ✦

El veinticinco de junio
le dijeron a el Amargo:
Ya puedes cortar si gustas
las adelfas de tu patio.
Pinta una cruz en la puerta
y pon tu nombre debajo,
porque cicutas y ortigas
nacerán en tu costado,
y agujas de cal mojada
te morderán los zapatos.
Será de noche, en lo oscuro,
por los montes imantados,
donde los bueyes del agua
beben los juncos soñando.
Pide luces y campanas.
Aprende a cruzar las manos,
y gusta los aires fríos
de metales y peñascos.
Porque dentro de dos meses
yacerás amortajado.

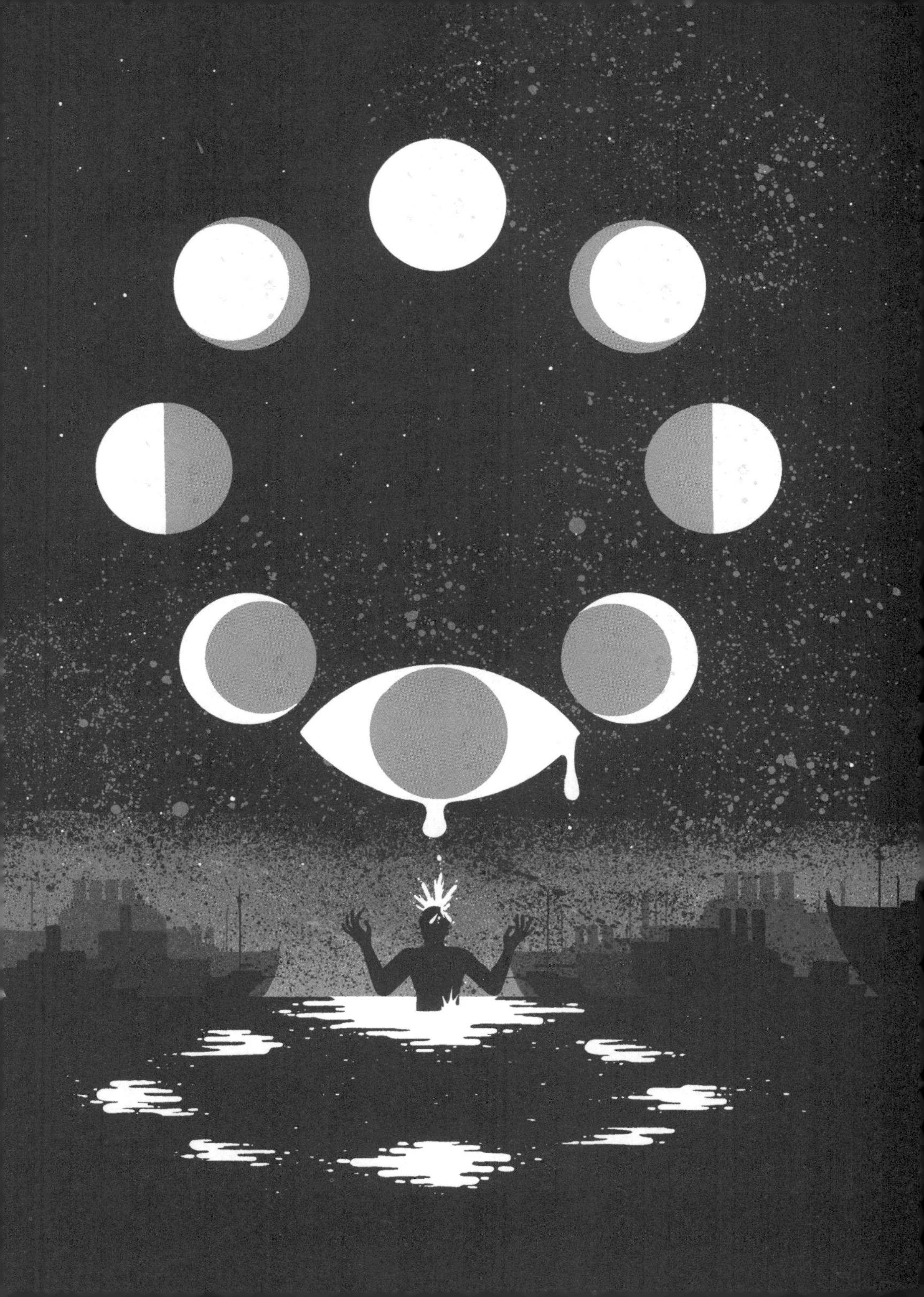

✦ ✦ ✦

Espadón de nebulosa
mueve en el aire Santiago.
Grave silencio, de espalda,
manaba el cielo combado.

✦ ✦ ✦

El veinticinco de junio
abrió sus ojos Amargo,
y el veinticinco de agosto
se tendió para cerrarlos.
Hombres bajaban la calle
para ver al emplazado,
que fijaba sobre el muro
su soledad con descanso.
Y la sábana impecable,
de duro acento romano,
daba equilibrio a la muerte
con las rectas de sus paños.

15

ROMANCE DE LA GUARDIA CIVIL ESPAÑOLA

A Juan Guerrero.
Cónsul general de la poesía

Los caballos negros son.
Las herraduras son negras.
Sobre las capas relucen
manchas de tinta y de cera.
Tienen, por eso no lloran,
de plomo las calaveras.
Con el alma de charol
vienen por la carretera.
Jorobados y nocturnos,
por donde animan ordenan
silencios de goma oscura
y miedos de fina arena.
Pasan, si quieren pasar,
y ocultan en la cabeza
una vaga astronomía
de pistolas inconcretas.

✦ ✦ ✦

¡Oh ciudad de los gitanos!
En las esquinas banderas.
La luna y la calabaza
con las guindas en conserva.
¡Oh ciudad de los gitanos!
¿Quién te vio y no te recuerda?
Ciudad de dolor y almizcle,
con las torres de canela.

✦ ✦ ✦

Cuando llegaba la noche,
noche que noche nochera,
los gitanos en sus fraguas
forjaban soles y flechas.
Un caballo malherido,
llamaba a todas las puertas.
Gallos de vidrio cantaban
por Jerez de la Frontera.
El viento, vuelve desnudo
la esquina de la sorpresa,
en la noche platinoche
noche, que noche nochera.

✦ ✦ ✦

La Virgen y San José
perdieron sus castañuelas,
y buscan a los gitanos
para ver si las encuentran.
La Virgen viene vestida,
con un traje de alcaldesa
de papel de chocolate
con los collares de almendras.
San José mueve los brazos
bajo una capa de seda.
Detrás va Pedro Domecq
con tres sultanes de Persia.
La media luna, soñaba
un éxtasis de cigüeña.
Estandartes y faroles
invaden las azoteas.
Por los espejos sollozan
bailarinas sin caderas.
Agua y sombra, sombra y agua
por Jerez de la Frontera.

✦ ✦ ✦

¡Oh ciudad de los gitanos!
En las esquinas banderas.
Apaga tus verdes luces
que viene la benemérita.
¡Oh ciudad de los gitanos!
¿Quién te vio y no te recuerda?
Dejadla lejos del mar,
sin peines para sus crenchas.

✧ ✧ ✧

Avanzan de dos en fondo
a la ciudad de la fiesta.
Un rumor de siemprevivas
invade las cartucheras.
Avanzan de dos en fondo.
Doble nocturno de tela.
El cielo, se les antoja,
una vitrina de espuelas.

✧ ✧ ✧

La ciudad libre de miedo,
multiplicaba sus puertas.
Cuarenta guardias civiles
entran a saco por ellas.
Los relojes se pararon,
y el coñac de las botellas
se disfrazó de noviembre
para no infundir sospechas.
Un vuelo de gritos largos
se levantó en las veletas.
Los sables cortan las brisas
que los cascos atropellan.
Por las calles de penumbra,
huyen las gitanas viejas
con los caballos dormidos
y las orzas de monedas.
Por las calles empinadas
suben las capas siniestras,
dejando atrás fugaces
remolinos de tijeras.

En el Portal de Belén
los gitanos se congregan.
San José, lleno de heridas,
amortaja a una doncella.
Tercos fusiles agudos
por toda la noche suenan.
La Virgen cura a los niños
con salivilla de estrella.
Pero la Guardia Civil
avanza sembrando hogueras,
donde joven y desnuda
la imaginación se quema.
Rosa la de los Camborios,
gime sentada en su puerta
con sus dos pechos cortados
puestos en una bandeja.
Y otras muchachas corrían
perseguidas por sus trenzas,
en un aire donde estallan
rosas de pólvora negra.
Cuando todos los tejados
eran surcos en la tierra,
el alba meció sus hombros
en largo perfil de piedra.

✦ ✦ ✦

¡Oh ciudad de los gitanos!
La Guardia Civil se aleja
por un túnel de silencio
mientras las llamas te cercan.

¡Oh ciudad de los gitanos!
¿Quién te vio y no te recuerda?
Que te busquen en mi frente.
Juego de luna y arena.

TRES ROMANCES HISTÓRICOS

16

MARTIRIO DE SANTA OLALLA

A Rafael Martínez Nadal

I

Panorama de Mérida

Por la calle brinca y corre
caballo de larga cola,
mientras juegan o dormitan
viejos soldados de Roma.
Medio monte de Minervas
abre sus brazos sin hojas.
Agua en vilo redoraba
las aristas de las rocas.
Noche de torsos yacentes
y estrellas de nariz rota,
aguarda grietas del alba
para derrumbarse toda.
De cuando en cuando sonaban
blasfemias de cresta roja.
Al gemir, la santa niña
quiebra el cristal de las copas.

La rueda afila cuchillos
y garfios de aguda comba:
Brama el toro de los yunques,
y Mérida se corona
de nardos casi despiertos
y tallos de zarzamora.

II

El martirio

Flora desnuda se sube
por escalerillas de agua.
El Cónsul pide bandeja
para los senos de Olalla.
Un chorro de venas verdes
le brota de la garganta.
Su sexo tiembla enredado
como un pájaro en las zarzas.
Por el suelo, ya sin norma,
brincan sus manos cortadas
que aun pueden cruzarse en tenue
oración decapitada.
Por los rojos agujeros
donde sus pechos estaban

se ven cielos diminutos
y arroyos de leche blanca.
Mil arbolillos de sangre
le cubren toda la espalda
y oponen húmedos troncos
al bisturí de las llamas.
Centuriones amarillos
de carne gris, desvelada,
llegan al cielo sonando
sus armaduras de plata.
Y mientras vibra confusa
pasión de crines y espadas,
el Cónsul porta en bandeja
senos ahumados de Olalla.

III

Infierno y gloria

Nieve ondulada reposa.
Olalla pende del árbol.
Su desnudo de carbón
tizna los aires helados.
Noche tirante reluce.
Olalla muerta en el árbol.

Tinteros de las ciudades
vuelcan la tinta despacio.
Negros maniquíes de sastre
cubren la nieve del campo,
en largas filas que gimen
su silencio mutilado.
Nieve partida comienza.
Olalla blanca en el árbol.
Escuadras de níquel juntan
los picos en su costado.

✧ ✧ ✧

Una Custodia reluce
sobre los cielos quemados,
entre gargantas de arroyo
y ruiseñores en ramos.
¡Saltan vidrios de colores!
Olalla blanca en lo blanco.
Ángeles y serafines
dicen: Santo, Santo, Santo.

17

BURLA DE DON PEDRO A CABALLO
ROMANCE CON LAGUNAS

A Jean Cassou

Romance de don Pedro a caballo

Por una vereda
venía Don Pedro.
¡Ay cómo lloraba
el caballero!
Montado en un ágil
caballo sin freno,
venía en la busca
del pan y del beso.
Todas las ventanas
preguntan al viento,
por el llanto oscuro
del caballero.

Primera laguna

Bajo el agua
siguen las palabras.
Sobre el agua
una luna redonda
se baña,
dando envidia a la otra
¡tan alta!
En la orilla,
un niño,
ve las lunas y dice:
—¡Noche; toca los platillos!

Sigue

A una ciudad lejana
ha llegado Don Pedro.
Una ciudad lejana
entre un bosque de cedros.
¿Es Belén? Por el aire
yerbaluisa y romero.
Brillan las azoteas
y las nubes. Don Pedro
pasa por arcos rotos.

Dos mujeres y un viejo
con velones de plata
le salen al encuentro.
Los chopos dicen: No.
Y el ruiseñor: Veremos.

Segunda laguna

Bajo el agua
siguen las palabras.
Sobre el peinado del agua
un círculo de pájaros y llamas.
Y por los cañaverales,
testigos que conocen lo que falta.
Sueño concreto y sin norte
de madera de guitarra.

Sigue

Por el camino llano
dos mujeres y un viejo
con velones de plata
van al cementerio.

Entre los azafranes
han encontrado muerto
el sombrío caballo
de Don Pedro.
Voz secreta de tarde
balaba por el cielo.
Unicornio de ausencia
rompe en cristal su cuerno.
La gran ciudad lejana
está ardiendo
y un hombre va llorando
tierras adentro.
Al Norte hay una estrella.
Al Sur un marinero.

Última laguna

Bajo el agua
están las palabras.
Limo de voces perdidas.
Sobre la flor enfriada,
está Don Pedro olvidado,
¡ay!, jugando con las ramas.

18

THAMAR Y AMNÓN

Para Alfonso García-Valdecasas

La luna gira en el cielo
sobre las tierras sin agua
mientras el verano siembra
rumores de tigre y llama.
Por encima de los techos
nervios de metal sonaban.
Aire rizado venía
con los balidos de lana.
La tierra se ofrece llena
de heridas cicatrizadas,
o estremecida de agudos
cauterios de luces blancas.

✧ ✧ ✧

Thamar estaba soñando
pájaros en su garganta,
al son de panderos fríos
y cítaras enlunadas.
Su desnudo en el alero,

agudo norte de palma,
pide copos a su vientre
y granizo a sus espaldas.
Thamar estaba cantando
desnuda por la terraza.
Alrededor de sus pies,
cinco palomas heladas.
Amnón, delgado y concreto,
en la torre la miraba,
llenas las ingles de espuma
y oscilaciones la barba.
Su desnudo iluminado
se tendía en la terraza,
con un rumor entre dientes
de flecha recién clavada.
Amnón estaba mirando
la luna redonda y baja,
y vio en la luna los pechos
durísimos de su hermana.

✧ ✧ ✧

Amnón a las tres y media
se tendió sobre la cama.
Toda la alcoba sufría
con sus ojos llenos de alas.
La luz, maciza, sepulta

pueblos en la arena parda,
o descubre transitorio
coral de rosas y dalias.
Linfa de pozo oprimida
brota silencio en las jarras.
En el musgo de los troncos
la cobra tendida canta.
Amnón gime por la tela
fresquísima de la cama.
Yedra del escalofrío
cubre su carne quemada.
Thamar entró silenciosa
en la alcoba silenciada,
color de vena y Danubio,
turbia de huellas lejanas.
Thamar, bórrame los ojos
con tu fija madrugada.
Mis hilos de sangre tejen
volantes sobre tu falda.
Déjame tranquila, hermano.
Son tus besos en mi espalda
avispas y vientecillos
en doble enjambre de flautas.
Thamar, en tus pechos altos

hay dos peces que me llaman,
y en las yemas de tus dedos
rumor de rosa encerrada.

✦ ✦ ✦

Los cien caballos del rey
en el patio relinchaban.
Sol en cubos resistía
la delgadez de la parra.
Ya la coge del cabello,
ya la camisa le rasga.
Corales tibios dibujan
arroyos en rubio mapa.

✦ ✦ ✦

¡Oh, qué gritos se sentían
por encima de las casas!
Qué espesura de puñales
y túnicas desgarradas.
Por las escaleras tristes
esclavos suben y bajan.
Émbolos y muslos juegan

bajo las nubes paradas.
Alrededor de Thamar
gritan vírgenes gitanas
y otras recogen las gotas
de su flor martirizada.
Paños blancos, enrojecen
en las alcobas cerradas.
Rumores de tibia aurora
pámpanos y peces cambian.

✧ ✧ ✧

Violador enfurecido,
Amnón huye con su jaca.
Negros le dirigen flechas
en los muros y atalayas.
Y cuando los cuatro cascos
eran cuatro resonancias,
David con unas tijeras
cortó las cuerdas del arpa.